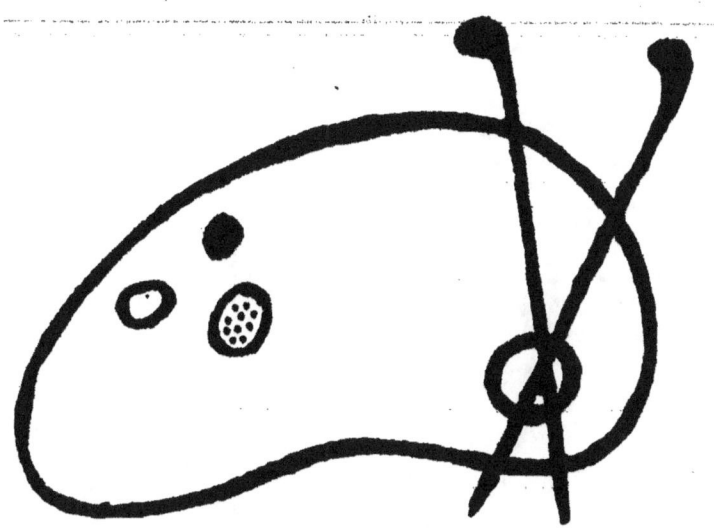

Début d'une série de documents
en couleur

E

IODERNE

l'Algérie;

la République et du

o.

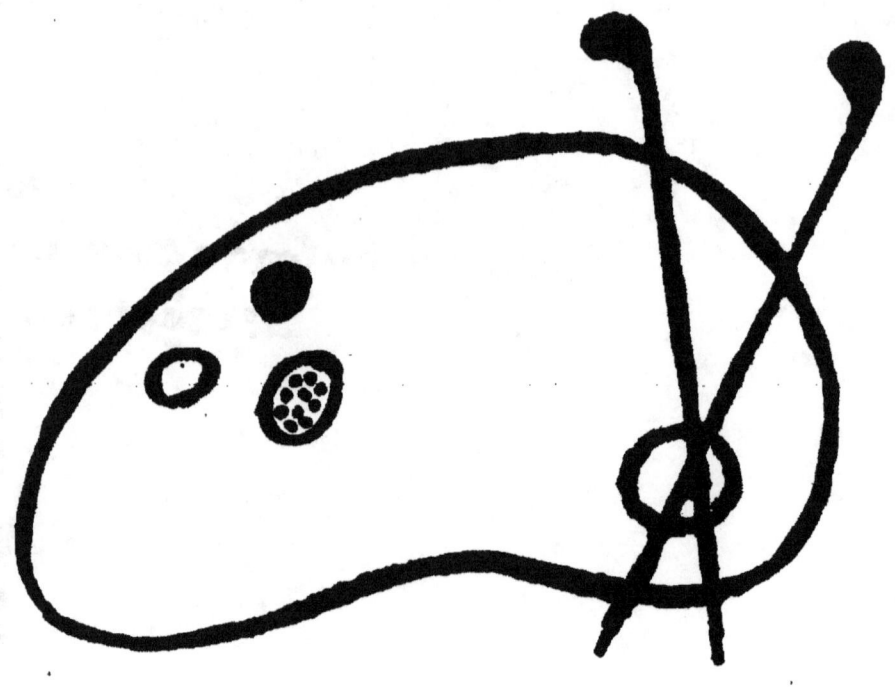

Fin d'une série de documents
en couleur

LE ROBINSON

DES NEIGES.

3e SÉRIE IN-32.

LE
ROBINSON
DES NEIGES

PAR ***.

LIMOGES

EUGÈNE ARDANT ET Cᵉ, ÉDITEURS.

LE
ROBINSON
DES NEIGES.

~~~~~~~~~~~~~~~~~~~~~~~~~~~~~~~~

1. — LA CALOMNIE.

Il y a quelques années, la ville de Sion, capitale du Valais, fut mise en émoi par un événement qui donna lieu à bien des commentaires. Le bruit se répandit qu'un vol considérable venait d'être commis au préjudice de la maison William B..., l'une des plus riches banques du pays. Une enquête habilement dirigée par Hermann B..., fils du banquier et son associé depuis quelques mois, fit tomber les soupçons sur Richard Amfrey, caissier principal de la maison. Mais comme la conduite de cet employé avait toujours été irréprochable, monsieur B..., qui avait toujours eu la plus entière confiance dans sa probité, refusa d'ajouter foi aux accusations dirigées contre lui. Cependant ébranlé par les instances de son fils, qui semblait avoir hâte de terminer cette affaire, il se décida à le mettre entre les mains de la justice.

Cette arrestation, à laquelle il ne s'attendait guère, fut un véritable coup de foudre pour Richard. Il tomba dans un abattement profond, et refusa pendant quelques jours de voir personne, excepté sa femme et son fils, charmant enfant qui entrait alors dans sa dixième année. Cette conduite, bien naturelle en pareille circonstance, parut extraordinaire à tout le monde et donna plus de consistance à l'accusation. Par un revirement soudain, l'opinion publique, disposée jusqu'alors en sa faveur, se déchaîna violemment contre lui.

Les bruits les plus fâcheux circulè-rent sur son compte, et comme il arrive en pareil cas, chacun voulant être mieux informé que son voisin, on inventa les plus atroces calomnies pour perdre le malheureux caissier : quelques jours après son arrestation, Richard était considéré comme un misérable digne des plus grands châti-ments.

Hermann B... semblait encourager ces odieuses menées par sa complai-sance à recueillir tous les rapports défavorables que le bruit public fai-sait parvenir jusqu'à lui. Il mettait à perdre Richard un acharnement extraordinaire, qui aurait pu donner l'éveil à des gens plus clairvoyants ; mais la foule était tellement prévenue contre le pauvre caissier, qu'on ne vit dans la conduite d'Hermann qu'un légitime dévouement aux in-térêts de son père. Néanmoins les perquisitions opérées au domicile de Richard n'ayant amené aucun résul-tat, il fut acquitté faute de preuves ; mais aux yeux du public il n'en resta pas moins coupable.

Aussitôt sorti de prison, le jeune homme, que la perte de sa place laissait sans ressources, régla les affaires qu'il avait à Sion, vendit tout ce qu'il possédait et résolut de quitter cette ville qui lui rappelait de si cruels souvenirs.

Son père lui avait laissé pour tout héritage quelques arpents de terre situés à Grinwald, petit village du canton de Berne. C'est là qu'il vint se réfugier avec sa femme et son fils, espérant oublier dans la solitude, au milieu des êtres qui lui étaient chers, tous ses chagrins passés.

Le vieux métayer qui était au service de la famille de Richard depuis de longues années reçut les pauvres exilés avec une touchante cordialité, il les installa dans la cabane et les mit au courant de tous les travaux champêtres. Bientôt, grâce à ses soins et à son zèle, les nouveaux venus purent s'accoutumer aux dures nécessités de leur vie nouvelle.

Le village se composait de quelques

pauvres cabanes groupées au pied du mont Wetterhorn, près de la source de la Sann, petite rivière qui va se jeter à quelques lieues de là dans le lac de Brienz. Les habitants, robustes montagnards habitués aux fatigues et aux privations, vivaient du produit de leurs troupeaux et de la culture de quelques terres arides où l'orge et le seigle croissaient à grand'peine. Comme l'herbe était rare dans les environs, ils étaient obligés de conduire leurs vaches et leurs chèvres sur des plateaux de la montagne, où se trouvaient de vastes pâturages. Ils y passaient toute la belle saison, et ne revenaient au village que lorsque la neige commençait à couvrir les hauteurs. Chaque pâtre se construisait un petit chalet où il trouvait un abri et des provisions pour tout le temps de son séjour sur la montagne.

Malgré la prudence de ces braves gens, ces émigrations temporaires s'accomplissaient rarement sans accidents. Les croix de bois que l'on rencontrait parfois le long de ces dangereux sentiers, annonçaient que plus d'un pâtre, surpris par l'hiver, était resté avec son troupeau englouti sous la neige.

Richard s'accoutuma bien vite à cette rude existence qui n'était pas sans charmes pour lui ; son fils Ludovic, que l'air de la montagne avait rendu grand et fort, commençait à l'aider dans ses travaux. Il remplaça le vieux métayer englouti sous une avalanche quelques mois après leur arrivée. L'ex-caissier aurait vécu aussi heureux qu'il pouvait l'être après les malheurs qui lui étaient arrivés, si la santé de sa femme ne lui eût inspiré de vives inquiétudes. Marie, accoutumée dès son enfance au bien-être et à l'aisance de la ville, ne pouvait se plier aux durs travaux des paysannes ; d'un autre côté, la vie aventureuse de son mari, que ses occupations retenaient une partie de l'année éloigné d'elle, lui causaient un chagrin profond qu'elle s'efforçait en vain de dissimuler. Elle consacrait la plus grande partie de son temps à l'éducation de son cher Ludovic, dont elle voulait faire, avant tout, un *homme de bien* et un *bon chrétien.* « Car, répétait-elle souvent, » l'un va rarement sans l'autre ; et le » meilleur moyen de ne jamais s'é- » carter de la bonne voie, c'est de » prendre toujours pour guide les » salutaires enseignements de la re- » ligion. »

II. — L'ATTENTE.

Quelques mois après les événements que nous venons raconter, par une froide soirée d'automne, une femme jeune encore, mais dont le front sillonné de rides précoces annonçait de longs et douloureux chagrins, était assise sous le vaste manteau d'une vieille cheminée en bois

sculpté, comme on en voit encore
chez les paysans bernois. Malgré sa
robe de laine à raies bleues, son
fichu rouge à ramages et l'espèce de
guimpe en toile qui lui servait de
coiffure, on devinait, à ses mains
frêles et à la teinte maladive de son
pâle visage, qu'elle n'avait que le
costume de commun avec les robustes paysannes du pays. Elle tenait
à la main un livre de prières, et li-
sait à la lueur bleuâtre d'une tige de
sapin qui brûlait dans l'âtre. De
temps en temps elle interrompait sa
lecture pour écouter le vent qui soufflait au-dehors et faisait craquer les
ais mal joints de la cabane. Sur une
table en bois grossièrement taillée,
une chandelle longue et jaune éclairait de sa flamme vacillante cet in-
térieur où tout respirait la tristesse
et la pauvreté. Quelques chaises dé-
paillées, un de ces buffets que les
paysans appellent *dressoirs*, chargé
d'assiettes en faïence et de quelques
plats d'étain, quelques seaux en fer
battu destinés à contenir le lait, une

vieille horloge juchée sur sa longue boîte de chêne, enfin un lit caché derrière de vastes rideaux en coton, historiés, complétaient l'ameublement de cette pièce, qui servait à la fois de cuisine et de chambre à coucher. Le plancher en terre battue, raboteux, mal aplani, résistait à tous les soins que l'on prenait pour le tenir propre. Les murailles, jadis blanchies à la chaux, s'étaient écaillées et couvertes d'une mousse verdâtre, sous l'influence de l'humidité. Malgré le triste aspect de cet appartement, il y régnait un air de propreté qui annonçait des habitudes d'ordre et d'économie, et les pieuses images collées sur la muraille indiquaient chez les habitants des mœurs honnêtes et chrétiennes.

Marie, car c'était elle, avait essayé de donner un petit air de fête à la pauvre chaumière, en l'honneur du retour de son mari, qu'elle attendait tous les jours. Déjà quelques pâtres avaient quitté les plateaux, et la saison qui s'avançait faisait espérer que

Richard ne tarderait pas à en faire autant : cependant le mauvais temps lui inspirait de vives inquiétudes; elle craignait que Richard, moins expérimenté que les montagnards, ne se laissât surprendre par la neige. Son fils Ludovic, qu'elle avait envoyé au-devant de son père, n'était pas encore revenu, et cette absence prolongée n'était pas faite pour la rassurer.

Tout à coup un bruit de pas se fit entendre dans la rue; Marie, toute tremblante, laissa tomber son livre pour courir vers la porte; au même instant un grand jeune homme de onze à douze ans, ruisselant de pluie, se précipita dans ses bras.

— Eh bien! Ludovic, où est ton père? s'écria la pauvre femme avec anxiété.

— On n'a pas encore de ses nouvelles, répondit le jeune homme en secouant tristement la tête. Tous nos voisins sont de retour, mais aucun d'eux ne l'a aperçu.

—Que peut-il lui être arrivé? grand Dieu !

— Il sera resté quelques jours de plus au chalet pour faire consommer un reste de fourrage, ou bier une vache malade l'aura retenu là-haut.

— Puisses-tu dire vrai, mon enfant, s'écria Marie, qui ne put retenir ses larmes.

— Allons, mère, tranquillisez-vous. Si démain matin il n'est pas revenu, nos bons voisins et moi nous irons voir ce qui l'arrête si longtemps. Allez vous reposer un peu, ajouta-t-il en embrassant la pauvre femme qui ne pouvait retenir ses larmes; ne m'avez-vous pas souvent répété vous-même que le bon Dieu n'abandonne jamais ceux qui mettent en lui leur confiance?

— Tu as raison, mon bon Ludovic, prions la divine Providence de veiller sur les jours de ton père, espérons qu'elle daignera l'arracher à tous les dangers qui le menacent.

En disant ces mots, Marie et son

fils se prosternèrent devant une image de la Vierge suspendue près du foyer, et leurs voix se confondirent dans une commune prière.

●━×━●━●━●━×━●━●━●━×━●━●━●━×━●

III. — LA TEMPÊTE.

Le lendemain, dès le point du jour Ludovic sortit sans bruit de la cabane pour ne point réveiller sa mère, et courut à la hâte chez quelques amis de sa famille. Ces braves gens n'hésitèrent pas un instant à aller au secours de Richard, qui était aimé de tout le monde, et bientôt une petite troupe de montagnards, armés de longs bâtons ferrés, se mirent en route pour aller au-devant de lui. Ils voulaient d'abord que Ludovic restât auprès de sa mère; mais à la fin, cédant aux instances réitérées du jeune homme, ils consentirent à l'emmener avec eux.

Après quelques heures d'une marche périlleuse à travers les gorges étroites et les ravins de la montagne, Ludovic et ses compagnons furent obligés de s'arrêter pour prendre un peu de repos. A mesure que l'on s'avançait vers les hauteurs, la température devenait de plus en plus froide, et les sentiers en partie couverts par la neige les forcèrent de ralentir le pas.

Pour comble de malheur, le temps, qui jusqu'alors avait été assez favorable, changea brusquement. De gros nuages noirs, poussés par le vent du nord qui soufflait avec furie, s'amoncelaient sur les sommets du Wetterhorn. Le ciel s'obscurcit, l'air devint lourd et la neige se mit à tomber avec violence. Aussitôt les montagnards, qui connaissaient tous les dangers de ces orages de neige, si fréquents dans les Alpes, s'arrêtèrent en déclarant qu'il était impossible d'aller plus loin. Après s'être consultés un instant, ils résolurent de regagner le village en toute hâte, pendant que les sentiers étaient encore praticables ; et malgré les larmes et les supplications de Ludovic, à qui son expérience ne permettait pas d'apprécier toute l'étendue du péril, ils revinrent précipitamment sur leurs pas.

Le jeune homme, désespéré, refusa de les suivre ; puis, sans écouter plus longtemps leurs remontrances, il se remit en marche vers les plateaux où il espérait retrouver son père. Etonné de rencontrer tant de résolution chez un enfant de son âge, ses compagnons promirent de l'attendre quelques instants afin de le ramener avec eux dès qu'il aurait vu l'inutilité de ses efforts. Mais Ludovic ne voulut rien entendre, et continua sa route avec une nouvelle ardeur. Après une heure de marche environ, il s'aperçut avec effroi qu'il avait perdu la trace du sentier, le pays qui l'entourait lui était complètement inconnu. Il s'arrête pour chercher quelque indice qui puisse le remettre dans sa route, mais tout avait disparu sous une espèce de couche de neige qui augmentait à chaque instant. Comprenant alors combien les conseils des montagnards étaient sages, il voulut revenir sur ses pas, mais il n'était plus temps, car la neige qui tombait toujours, épaisse et serrée, avait effacé la trace du chemin qu'il venait de parcourir. Des tourbillons glacés lui fouettaient le visage et l'empêchaient d'avancer. A la fin, épuisé de fatigue, il s'assit sur la neige, et cachant dans ses mains sa figure à demi gelée, il se mit à pleurer.

Il resta une demi-heure environ dans cette position dangereuse, à demi mort de froid, lorsqu'il fut tiré de sa torpeur par le cri d'un oiseau de proie qui passait au-dessus de sa tête. Il fit un violent effort pour secouer le sommeil qui commençait à le gagner, et parvint à se remettre debout. Au milieu des idées confuses qui se heurtaient dans son cerveau,

une réflexion subite lui rendit une
lueur d'espérance : cet oiseau, qu'il
avait vu passer près de lui, devait
aussi chercher un abri contre la
tempête. Son instinct lui avait sans
doute révélé le ...sinage de quelque
forêt de sapins, si nombreuses dans
ces parages. Ranimé par cette pen-
sée, le jeune homme rassembla ce
qui lui restait de force, et se dirigea
rapidement dans la direction suivie
par l'oiseau de proie ; ses prévisions
ne furent point trompées : il aperçut
à l'extrémité du plateau une masse
sombre qui se dessinait à l'horizon.
A cette vue il se mit à courir de toutes ses forces pour tâcher d'atteindre
avant la nuit ce refuge que la Providence lui avait indiqué d'une façon
si inattendue ; à l'entrée de la forêt
une cabane de pâtre lui apparut entre les branches des sapins. Rien ne
saurait rendre les transports qui sai-
sirent son âme en se voyant arracher ainsi à une mort qu'il avait re-
gardée comme prochaine et inévita-
ble ; à peine eut-il franchi le seuil de

l'habitation, que succombant à tant d'émotions, il tomba évanoui sur le plancher.

Nous le laisserons maintenant raconter lui-même les douloureuses épreuves qu'il eut encore à supporter et dont il garda fidèlement le souvenir.

— X — ∘○∘ — X — ○○○ ∘○ — X — ∘○∘ — X —

IV. — LA CAPTIVITÉ.

Lorsque je revins à moi, la nuit était venue depuis longtemps ; je me trouvai dans une obscurité profonde. Le froid et l'humidité qui avait pénétré mes vêtements me causaient un malaise insupportable. Malgré la fatigue qui me brisait, j'eus la force d'allumer du feu avec quelques branches de sapin restées dans l'âtre. Ranimé par cette chaleur bienfaisante, je me mis à genoux, et après avoir remercié la Providence du secours qu'elle m'avait envoyé, je me jetai tout habillé sur un lit qui se trouvait dans un coin de la chambre, et je m'endormis profondément.

Le lendemain, dès que je fus réveillé, mon premier soin fut de parcourir le chalet dans tous les sens, pour essayer de découvrir quelques vivres dont j'avais le plus grand besoin, car je n'avais rien mangé depuis plus de vingt-quatre heures. A la litière encore fraîche qui garnissait l'étable, je vis que le propriétaire du chalet venait à peine de le quitter, ce qui me donna l'espoir de trouver quelques provisions, car je savais que les montagnards ont l'habitude d'en laisser d'une saison à l'autre dans le cas où ils seraient retenus par le mauvais temps. En effet, j'eus le bonheur de découvrir dans le buffet une douzaine de ces pains durs qui se conservent toute l'année, un peu de lard salé, une lampe et une bouteille d'huile, quelques assiettes en bois, et des vases en terre pour conserver le lait. Dans la chambre voisine il y avait un grand tas de pommes de terre, des châtaignes, du bois de sapin, et une ample provision de fourrages. Dans un coin je découvris une hache, une pelle, un vieux fusil et des munitions de chasse, ce qui pouvait m'être très-utile dans le cas où je serais attaqué par les loups.

Après avoir fait l'inventaire de mes ressources, je me sentis un peu rassuré. Il y avait là de quoi passer un mois ou deux sans trop souffrir de la faim, et j'espérais bien que le temps me permettrait de revenir au village avant la fin de la semaine.

Avant de faire de nouvelles recherches dans les autres appartements du chalet, j'allumai du feu pour faire cuire quelques pommes de terre sous la cendre, et je me mis à déjeuner de fort bon appétit. Mon repas terminé, je voulus sortir pour voir si le temps se calmait un peu; mais, malgré tous mes efforts, il me fut impossible d'ouvrir la porte. Il était tombé

tant de neige que l'entrée s'était
trouvée obstruée. Heureusement que
les fenêtres étaient élevées, car sans
cela je me serais trouvé dans l'obscurité la plus complète. Cette décou-
verte me causa un grand chagrin;
je me voyais prisonnier dans le chalet, seul, sans secours, et dans l'impossibilité de retourner chez mes parents. Comprenant alors combien
ma position était critique, je me mis
à genoux devant une image de *Notre-Dame des neiges*, semblable à celle
qui se trouvait dans notre cabane, en
la suppliant de m'arracher à cette
affreuse solitude.

Vers le soir (il pouvait être quatre
heures environ), le temps était très-
sombre à cause de la neige qui tombait toujours avec violence, j'entendis tout à coup un bruit étrange qui
sortait de l'une des chambres que je
n'avais point encore visitées. C'était
un gémissement sourd qui semblait
un soupir étouffé. Saisi d'effroi, je
prêtai l'oreille en retenant mon ha-
leine pour mieux écouter; le même

cri plaintif se renouvela, mais plus
faible et plus douloureux; je saute
du lit, j'allume ma lampe à la hâte,
et j'ouvre la porte de la chambre d'où
partait le bruit, en tremblant de tous
mes membres. Quelle fut mon épou-
vante en apercevant dans un coin
deux grands yeux qui brillaient comme des charbons ardents dans l'obscurité. Je referme brusquement la
porte et je m'enfuis en poussant un
cri de terreur. Mon fusil se trouva
par hasard sous ma main, je l'armai
machinalement, croyant voir à chaque instant la porte s'ouvrir et quelque bête féroce s'élancer sur moi.
J'attendis ainsi plusieurs heures im-
mobile, n'osant marcher de peur d'attirer l'attention de l'ennemi; mais
rien ne parut; le bruit avait cessé.
N'éanmoins j'etais loin d'être rassuré,
et afin de me préparer à tout événement, je résolus de passer la nuit au
coin du feu, après avoir barricadé
l'entrée de la chambre avec de vieilles
planches et des branches de sapin.
Ces précautions prises, je passai le

reste de la nuit à lire un exemplaire
du nouveau Testament que j'avais
découvert sur le manteau de la cheminée. Je pus ainsi attendre le jour
avec plus de tranquillité. Malgré
mes efforts pour rester éveillé, la fatigue l'emporta, je m'endormis vers
trois heures du matin en proie à un
affreux cauchemar. Il me sembla voir
la porte s'ouvrir tout doucement, un
ours énorme s'élança dans la chambre et se dirigea vers moi en balan-
çant la tête. A la fin l'horrible bête
se dressa debout, et me saisit dans
ses pattes velues, comme pour m'é-
touffer. Je faisais de vains efforts
pour me dégager de son étreinte,
lorsqu'il ouvrit sa large gueule pour
me dévorer ; alors je poussai un cri,
et je me réveillai inondé de sueur et
brisé par la lutte imaginaire que je
venais de soutenir. Heureusement il
faisait grand jour; honteux de ma
faiblesse, je voulus sortir immédiatement d'incertitude; alors rassem-
blant tout mon courage, je pénétrai
résolûment dans la chambre, mon

fusil à la main, et prêt à me défendre s'il y avait quelque danger à courir. A peine avais-je fait quelques pas en avant que j'aperçus une chèvre malade, couchée dans un coin. On l'avait sans doute laissée là parce qu'elle n'avait pu suivre le reste du troupeau. A cette vue je ne pus m'empêcher de rire de la folle terreur que cette pauvre bête m'avait inspirée; comme elle paraissait à demi morte de froid et de faim, je la portai devant le feu, après avoir placé devant elle une brassée de foin qu'elle se mit à manger avec avidité. Pendant qu'elle faisait son repas, j'avais préparé le mien : une poignée de châtaignes et un morceau de pain que je trempai dans l'eau pour le rendre moins dur, composèrent mon déjeuner. Je ménageais mes provisions de plus en plus, car j'allais être obligé d'attendre la fin de la mauvaise saison avant d'essayer de sortir du chalet, et le temps était si mauvais que je ne prévoyais pas encore la fin de ma captivité.

La présence de ma nouvelle compagne était une véritable consolation pour moi ; avec elle je n'étais plus seul et l'isolement me paraissait moins pénible. Jeannette (c'était le nom que je lui avais donné), complètement rétablie par mes soins, pouvait m'être d'un grand secours ; elle donnait tous les matins deux ou trois verres de lait qui formaient souvent ma seule nourriture pour toute la journée. Cette ressource m'était d'autant plus précieuse que l'eau de neige, ma seule boisson jusqu'alors, commençait à m'incommoder sérieusement. D'ailleurs la pauvre bête, qui semblait comprendre tout ce que j'avais fait pour elle, ne savait comment me témoigner sa reconnaissance. Ses bonds joyeux dans la chambre, ses caresses parfois gênantes, contribuaient beaucoup à chasser la tristesse qui m'accablait. Il m'était facile de la nourrir, car le fourrage était en abondance dans notre habitation. Du reste, j'avais pris tant d'amitié pour elle, que

J'aurais sacrifié la moitié de mes provisions plutôt que de la laisser mourir de faim.

C'est ainsi que se passèrent les premiers jours de ma captivité ; mais bientôt de nouveaux dangers vinrent rendre ma position plus affreuse encore.

V. — L'AVALANCHE.

Huit jours s'étaient écoulés depuis mon entrée dans le chalet ; huit jours d'angoisses et de mortelles inquiétudes ; plus l'hiver s'avançait, moins j'avais de chances de salut, car la neige rendait les sentiers impraticables, et personne maintenant ne pouvait venir à mon secours.

Ces tristes pensées avaient achevé d'abattre mon courage, je tombai dans un état de langueur qui pouvait m'être fatal. J'avais à peine la force de prendre quelque nourriture ; un malaise profond, que rien ne pouvait combattre, m'empêchait de rien tenter pour ma délivrance. A cette torpeur succédaient parfois des accès d'irritation désespérés. Je m'emportais contre moi-même, contre la Providence, que j'accusais d'injustice. Ces emportements criminels apaisés, je me jetais sur mon lit en pleurant amèrement. Il me fallait un avertissement du ciel pour me réveiller et me ramener à Dieu ; je ne l'attendis pas longtemps.

Le 25 novembre, c'est-à-dire le dixième jour environ de ma captivité, le froid cessa tout à coup, et la température devint si douce que je n'eus presque plus besoin d'allumer du feu. La fumée montait difficilement par la cheminée. Une pluie fine et pénétrante avait remplacé la neige. Un vent humide qui soufflait du sud-ouest, annonçait le dégel et ce retour momentané de la belle saison que les paysans appellent *l'été de la saint Martin.*

Tout à coup, vers trois heures de l'après-midi, j'entendis un bruit sourd qui venait des hauteurs. C'était comme un roulement de tonnerre qui augmentait de force et d'intensité à mesure qu'il s'approchait. Bientôt il devint terrible, je crus l'entendre au-dessus de ma tête. Au même instant je sentis une violente secousse qui me jeta sur le plancher. Les poutres du chalet craquèrent comme s'il allait s'écrouler, le buffet fut renversé, et mes provisions tombèrent pêle-mêle avec les ustensiles; le plâtre du plafond se détacha et faillit m'écraser. Je me trouvai dans une obscurité complète. Après des efforts inouïs, je parvins à allumer ma lampe, et je pus voir alors les traces effrayantes de l'accident qui avait mis ma vie en péril. La terre était couverte de débris; la muraille avait cédé sous le choc, mais elle résistait encore, grâce à la neige qui lui servait d'appui. Une

partie de la toiture avait été brisée,
les débris de la cheminée étaient
tombés dans l'âtre.

Jeannette, ensevelie sous le fourrage, poussait des bêlements plaintifs pour m'appeler à son secours ; je
me hâtai de délivrer ma pauvre compagne, qui heureusement n'était
point blessée. Un moment je me crus
perdu ; mon émotion avait été si
grande, qu'elle m'avait enlevé jusqu'à
la conscience du danger. Revenu à
moi, je me jetai à genoux pour remercier la Providence de m'avoir ar-
raché à ce nouveau péril. Il y avait
longtemps que je n'avais prié avec
autant de ferveur. Il ne fallait pas
moins que cet accident terrible pour
chasser le criminel découragement
qui s'était emparé de moi ; je remer-
ciai Dieu une seconde fois de l'avis
qu'il avait daigné m'envoyer pour
me punir d'avoir douté de son infinie
miséricorde, et ranimé par cette
prière, je résolus de lutter jusqu'à
la fin avec énergie contre l'adver-
sité.

En reflechissant aux causes de cet accident qui aurait pu m'être si funeste, je crus pouvoir l'attribuer à une avalanche qui s'était formée sur les hauteurs à la suite de l'adoucissement de la température. La masse de neige, qui devait être énorme si l'on en juge par le bruit qu'elle faisait, s'était arrêtée contre le chalet et l'avait englouti. C'était par miracle que la frêle charpente de l'édifice avait pu résister au choc.

Après avoir remis tout en ordre dans la cabane et réparé le dégât de mon mieux, je songeai aux moyens de sortir de la situation dangereuse où je me trouvais. Les ténèbres qui m'environnaient ajoutaient encore à l'horreur de ma position. J'étais obligé de tenir constamment la lampe allumée, mais cette ressource allait bientôt me manquer, car ma provision d'huile diminuait rapidement ; et je voyais venir avec effroi le moment où j'allais rester enseveli dans une nuit perpétuelle.

D'un autre côte, la cheminée était

tombée, et je ne pouvais faire de feu
sans risquer d'être asphyxié par la
fumée. Le froid me gagnait malgré
l'épaisse couche de neige qui m'enve-
ve oppait. Ces deux circonstances
me décidèrent à tenter un vigoureux
effort pour déblayer la cheminée et
les fenêtres, si cela était possible.
Après cinq ou six jours d'un travail
assidu, je parvins à me construire,
avec les rateliers de l'étable, une espèce d'échelle qui me permit d'atteindre le sommet de la cheminée; puis
à l'aide de la pelle que j'avais trouvée dans la cabane je me mis à creu-
ser la couche de neige, qui n'avait pas
moins de trois pieds. Un instant
après j'aperçus avec une joie indé-
finissable le ciel bleu sur ma tête; il
y avait plus de trois semaines que je
n'avais vu la campagne; elle avait
l'aspect d'un immense tapis blanc, et
la forêt de sapins qui entoure le chalet du côté de la vallée semblait en-
veloppée dans un vaste linceul. Le
soleil, qui paraissait de temps en
temps à travers les nuages sombres

poussés par le vent du nord, éclairait ce désert de neige d'une éblouissante lumière. Malgré le froid qui me gagnait, je ne pouvais me déterminer à redescendre dans ma prison, qui me semblait plus sombre et plus triste encore. A la fin je me rappelai que Jeannette n'avait pas mangé, pendant que j'étais resté dehors à savourer les douces jouissances de la liberté. Je rentrai à la hâte pour donner à la pauvre bête la provision de foin accoutumée. Aussitôt qu'elle m'aperçut elle se mit à bondir dans la chambre pour me témoigner sa joie, car mon absence semblait l'avoir vivement inquiétée. Cette nuit-là je dormis plus tranquillement que d'habitude ; il me semblait que mon excursion hors du chalet était un pas de plus vers ma délivrance.

— × — — × — — × — — × —

VI. — LES LOUPS.

27 Novembre. — Je viens de trouver un moyen d'échapper à l'ennui. A partir d'aujourd'hui, je veux écrire tout ce qui m'arrivera de remarquable dans ma prison : mon projet n'est pas facile à exécuter, car je n'ai ni papier, ni encre, ni plumes à ma disposition. Heureusement je me rappelle que les marges d'un de mes livres de lecture sont larges; elles me suffiront pour écrire mon journal. Un peu de suie délayée dans l'eau me tiendra lieu d'encre; quant aux plumes, je puis en tailler à volonté dans les branches de sapin. Ces instruments sont loin d'être parfaits, ils ne m'en causent pas moins un vif plaisir. Maintenant, si je dois mourir ici, ma famille saura du moins comment j'ai passé mes derniers jours. D'ailleurs ce travail avait une autre utilité : il abrégerait le temps, qui me semblait horriblement long depuis que j'étais condamné à vivre dans les ténèbres. Ces préparatifs m'ont pris toute la journée.

28 Novembre. — Le froid est devenu si vif que je ne puis plus sortir. Il m'est devenu impossible de distinguer le jour de la nuit, ce qui me fait paraître les heures plus longues encore. Il y a bien au coin du foyer une vieille horloge en bois, mais elle paraît en si mauvais état, que je crains bien de n'en pouvoir tirer parti. J'essayai de la faire marcher sans pouvoir y réussir. En attendant qu'elle soit en état de marquer les heures, je réglai l'emploi de mon temps d'une façon régulière. Chaque matin je lis un chapitre de la Bible, et je m'occupe de mes provisions pour la journée.

Après le déjeuner, qui se compose de quelques pommes de terre cuites sous la cendre, d'un morceau de pain et d'un verre de lait, j'essaie d'arranger les rouages de l'horloge; le soir, avant de me mettre au lit, je lis un passage de l'*Imitation de Jésus-Christ,* puis, ma prière terminée, j'allume un grand feu pour la nuit et je m'endors, après avoir écrit sur mon journal tout ce qui s'est passé dans la journée.

Ces pieuses lectures avaient complétement changé le cours de mes pensées. Jusqu'alors la souffrance, le désespoir avaient obscurci dans mon âme l'idée de Dieu. J'oubliais le ciel pour m'attacher uniquement à la conservation de ma misérable existence, sans songer que les efforts de l'homme sont impuissants s'ils ne sont soutenus par le souffle de l'Esprit saint. Mais en lisant mes bons livres, je me rappelai que j'étais chrétien. Les conseils touchants, les pieuses exhortations de ma bonne mère, me revinrent à la mémoire, et je compris pour la première fois toute la vérité de cette parole de Jésus-Christ :

« L'homme ne se nourrit pas seule-
» ment de pain, mais de toute parole
» qui sort de la bouche de Dieu. »

Combien je bénis la divine Providence de l'heureux changement qu'elle
avait opéré en moi. J'étais préparé
désormais à supporter sans me plain-
dre toutes les épreuves, car mon courage s'était fortifié dans la lutte, et
plein de confiance dans la miséricorde divine, j'attendis avec plus de
calme l'heure de la délivrance.

30 Novembre. — Après bien des
tentatives infructueuses, je suis enfin parvenu à faire marcher mon
horloge. Il était temps, car je ne sais
plus où j'en suis. A tout hasard je
l'ai mise à six heures. Lorsque l'ai-
guille aura fait le tour du cadran, je
ferai un trait sur la muraille pour
compter les jours.

La neige a bouché encore une fois
la cheminée; elle est si épaisse que je
n'ai pu parvenir à la percer; mon
échelle s'est trouvée trop courte. Je
vais être obligé de la rallonger, et
pendant ce temps il va m'être impos-

sible de faire du feu. Heureusemen
qu'il me reste quelques châtaignes ;
ce sera ma seule nourriture jusqu'à
ce que je sois parvenu à dégager la
cheminée. Jeannette a paru très-in-
quiète toute la journée. Pendant que
j'étais occupé à la traire, elle dressait
les oreilles, comme si elle eût entendu un bruit extraordinaire Je me
suis couché assez inquiet, sans trop
savoir pourquoi. L'instinct de cette
pauvre bête lui aura sans doute ré-
velé la présence de quelque danger
inconnu. Malgré mon inquiétude je
me suis endormi en priant la Providence de veiller sur moi.

1er Décembre. — L'horloge ne mar-
que que quatre heures du matin.
Jeannette marche dans la chambre
en poussant des bêlements plaintifs
qui m'ont réveillé. J'ai cherché à la
rassurer par mes caresses, mais elle
continue à trembler de tous ses
membres. Tout à coup des hurle-
ments affreux se sont fait entendre
sur ma tête.

— Des loups ! me suis-je écrié en

saisissant Jeannette dans mes bras pour l'empêcher de faire du bruit, car ses bêlements auraient pu attirer ces horribles bêtes, que la faim rendait très-dangereuses. Nous avons passé une partie de la journée dans des transes mortelles ; Jeannette, qui se doutait sans doute aussi bien que moi du danger, a gardé un silence complet. Que serais-je devenu, pensais-je avec frayeur, si j'avais pu déblayer la cheminée ? cet étroit passage aurait peut-être été une entrée praticable pour ces bêtes affamées, et j'étais infailliblement dévoré. Il y a eu un moment où je me suis cru perdu : le bruit augmentait et paraissait se rapprocher, il me semblait que les loups grattaient la neige pour parvenir jusqu'à moi. Il n'en était rien heureusement, et vers le soir le bruit a cessé tout à fait.

Le lendemain et les jours suivants se passèrent d'une façon fort triste. A la crainte que j'avais d'être dévoré par les loups, se joignirent des inquiétudes d'une autre nature. Ma provision d'huile était à peu près épuisée, et je fus obligé de n'allumer ma lampe que quelques heures par jour, sous peine de me trouver bientôt complètement privé de lumière. D'un autre côté, l'impossibilité où j'étais d'avoir du feu m'empêchait de faire usage des pommes de terre, qui jusqu'alors avaient été ma meilleure nourriture.

Ces circonstances me décidèrent à tenter un nouvel effort. Mon échelle terminée, je repris mon travail où je l'avais laissé. Il me fallut plus de deux jours pour me frayer une voie jusqu'à la surface de la couche de neige. J'y parvins enfin malgré le froid, mais l'âtre et la moitié de la chambre se trouvaient remplis par la neige que j'avais été obligé d'enlever pour pratiquer une issue. Il me fallut plus de trois jours et des efforts inouïs pour en débarrasser le chalet. Alors seulement j'eus la satisfaction de voir briller dans l'âtre la flamme bienfaisante dont la privation me faisait tant souffrir.

VII. — LE DOIGT DE DIEU.

Il y avait un mois environ que j'étais prisonnier au milieu des neiges; je commençais à m'accoutumer un peu à ce genre de vie à demi sauvage, lorsqu'un événement extraordinaire vint rompre la monotonie de mon existence.

Le 20 décembre, je sortis vers deux heures de l'après-midi, mon fusil sur l'épaule, pour aller faire un tour dans la forêt. Malgré moi je me laissai entraîner à la poursuite de quelques oiseaux sauvages beaucoup plus loin qu'à l'ordinaire, car depuis l'apparition des loups je n'osais pas m'éloigner du chalet. Quand je voulus revenir sur mes pas, je fis de vains efforts pour retrouver mon

chemin : la neige, qui s'était mis à
tomber tout à coup, en avait effacé
la trace. J'errai à l'aventure pendant quelques heures, sans savoir
où j'allais. Enfin, après bien des dé-
tours, je parvins à regagner l'entrée
de la forêt. Il était nuit quand j'arri-
vai au chalet harassé de fatigue et à
moitié mort de froid. Au moment où
j'allais descendre par l'étroit passage
qui me servait d'entrée, des cris dé-
chirants se firent entendre à l'autre
extrémité du plateau. Je restai im-
mobile, l'oreille tendue, et retenant
ma respiration pour mieux écouter.
J'entendis alors distinctement une
voix étouffée qui appelait du secours.
Rien ne saurait exprimer l'émotion
qui s'empara de moi. L'idée que j'allais peut-être sauver la vie à quelque
pauvre voyageur égaré me donna un
courage dont je ne me serais jamais
cru capable. Sans hésiter un instant,
et malgré la nuit qui devenait de
plus en plus sombre, je me dirigeai
a grands pas vers l'endroit d'où par-
taient les cris. De peur de m'égarer

dans la neige et de ne pouvoir regagner le chalet, je plantai près de la
cheminée une longue branche de sapin enduite de résine pour me servir
de fanal. J'en allumai une autre pour
éclairer ma route, et je partis en
priant la Providence de seconder mes
efforts. Après quelques instants de
marche à travers les ravins et les pré-
cipices, j'aperçus enfin à l'entrée des
gorges escarpées que traverse la
route de Brienz un voyageur étendu
sur la neige, et qui paraissait beaucoup souffrir. A côté de lui une mule
chargée de bagages gisait inanimée.
Elle s'était tuée dans la chute où elle
avait entraîné le voyageur. Ce dernier en avait été quitte pour une entorse et quelques contusions sans
gravité. Dès qu'il m'aperçut il jeta un
cri en étendant les bras vers moi, et
s'évanouit.

Mon embarras était extrême. Je ne
savais comment le rappeler à la vie.
Par bonheur, en fouillant dans ses
bagages, je découvris un flacon de
rhum. Je lui en frottai les tempes et

le visage, et au bout d'un instant il
était revenu à lui. Après des efforts
qui paraissaient le faire beaucoup
souffrir, il parvint à marcher en s'ap-
puyant sur mon épaule, et nous pû-
mes ainsi regagner le chalet. Comme
il paraissait beaucoup tenir à sa valise, je plantai à côté d'elle un morceau de sapin afin de la retrouver
le lendemain, si elle venait à dispa-
raître sous la neige.

30 Décembre. — Le voyageur dort
depuis douze heures au moins, je
n'ose l'éveiller. Il paraît beaucoup
plus calme, son sommeil est moins
agité. J'ai passé toute la nuit à côté
de lui afin de lui donner des secours
s'il en avait eu besoin. Je ne puis
me lasser de le regarder; l'idée que
j'ai sauvé la vie à l'un de mes sem-
blables me rend fou de joie. Il me
semble que si je dois mourir ici, je
pourrai paraître avec plus de confiance devant Dieu.

Il vient de s'éveiller tout à l'heure.
Il paraît très-surpris de se voir dans
un pareil lieu. En m'apercevant, la

mémoire lui est revenue, car il me
fait signe de venir près de lui et
m'embrasse en me remerciant de
mes secours. Sa blessure le fait encore beaucoup souffrir, il a à peine
la force de manger. Il me demande
comment il se fait que je me trouve
dans le chalet au milieu de l'hiver;
je lui raconte en peu de mots toute
mon histoire, et quoique je ne sois
pas fort savant, le récit de mes souf-
frances l'a fait pleurer. A son tour
il m'a dit ce qui lui était arrivé.

Des affaires pressantes l'ayant ap-
pelé à Grinnwald, il avait voulu tra-
verser le Wetterhorn malgré l'hiver.
Un seul guide, séduit par l'appât
d'une riche récompense, avait con-
senti à l'accompagner. Ils étaient
arrivés sans accident au versant
septentrional de la montagne, lorsque le montagnard qui lui servait de
guide déclara qu'il était impossible
d'aller plus loin. Le temps était si
mauvais qu'il ne reconnaissait plus
le pays. En cherchant la trace du
chemin, il tomba lui et sa mule dans

un précipice caché par la neige, et
qui s'ouvrit tout à coup sous ses
pas. Resté seul, le voyageur n'osant
s'aventurer pendant la nuit dans des
gorges qui lui étaient inconnues,
s'était arrêté derrière un rocher pour
y attendre le jour à l'abri du vent,
lorsqu'un éboulement de neige le
jeta lui et sa mule au fond du ravin.
C'est là que je l'avais trouvé à demi
mort et n'espérant plus aucun secours.

— « Mon enfant, a-t-il ajouté, il y
» a dans ce cours d'événements qui
» nous ont réunis quelque chose de
» surnaturel. Si tu n'avais pas été
» retenu prisonnier au milieu des
» neiges, je serais infailliblement
» mort dans le ravin, et la mission
» sacrée dont je suis chargé n'aurait
» pu être accomplie. Les voies de la
» Providence sont impénétrables ;
» souvent ce qui paraît un malheur
» pour l'homme, n'est qu'un moyen
» dont elle se sert pour faire éclater
» la grandeur de sa miséricorde. »

2 Janvier. — Mon nouveau compa-

gnon est un vieillard de soixante aus
environ, mais très-robuste pour son
âge. Son costume et ses manières
annoncent un homme d'un rang
élevé. Il y a dans ses yeux noirs
pleins de douceur et de vivacité quelque chose qui commande le respect.
Sa présence est une grande consolation pour moi. Nous sommes maintenant de vieux amis. Pour abréger
le temps, il me fait des récits intéres-
sants qui me font oublier les dangers
de notre situation. La lecture de mes
livres a un charme tout nouveau pour
moi depuis qu'il l'accompagne de ré-
flexions sages et touchantes. Je ne
sais comment remercier la Providence du secours efficace qu'elle vient
de m'envoyer.

Je suis allé chercher aujourd'hui
les bagages que nous avions laissés
dans le ravin. Ils contiennent quelques provisions bien précieuses en
ce moment, car les miennes touchen
à leur fin, et le lait de Jeannett
n'aurait point été suffisant pour nou
nourrir tous les deux.

3

J'ai trouvé dans une valise quelques pains blancs, des viandes salées et plusieurs bouteilles de rhum. Mon compagnon a voulu me faire goûter sur-le-champ à toutes ces richesses. Il y avait longtemps que je n'avais mangé d'aussi bon appétit. Je lui ai versé quelques gouttes de rhum qui l'ont ranimé tout à fait. Ce cordial lui était bien nécessaire, car la nourriture à laquelle nous sommes réduits doit lui paraître insuffisante.

5 Janv.er. — Le temps continue à être bien mauvais. Il m'a été impossible aujourd'hui de sortir du chalet, suivant mon habitude. Nous nous efforçons de lutter contre l'ennui par la conversation et la lecture, mais il ne semble que la tristesse commence à s'emparer de mon hôte. Heureusement que son entorse est à peu près guérie, dans quelques jours il pourra sortir du chalet. Après le déjeuner j'ai appris de lui une chose bien extraordinaire.

— Ludovic, m'a-t-il dit, tu ne

m'as seulement pas demandé mon nom.

— Je n'osais pas, Monsieur, ai-je répondu en baissant les yeux.

— Maintenant que nous sommes mieux connus l'un de l'autre, je puis te dire l'affaire qui m'a amené dans ce canton : Je m'appelle William B..., banquier à Sion.

— William B...! m'écriai-je; j'ai entendu prononcer ce nom bien des fois à mon père.

— Il y a quelques années, un vol considérable fut commis chez moi. Je ne savais sur qui faire tomber les soupçons, quand mon fils Hermann, qui était en même temps mon associé, me persuada que le principal employé de notre maison pouvait être seul coupable. J'eus le malheur d'ajouter foi à ces accusations, et je fis arrêter ce pauvre Richard Amfrey...

— Richard Amfrey ! m'écriai-je en l'interrompant.

— Tu le connais donc ?

— C'est mon père. Soyez bien convaincu, Monsieur, dis-je avec fer-

moté, que vous vous êtes trompé sur
lui...

—Je viens de découvrir la vérité,
il y a quelques jours à peine, et
voilà pourquoi je suis accouru malgré la rigueur de l'hiver pour rendre
la fortune et l'honneur à ce bon Richard.

— Soyez béni, m'écriai-je en l'embrassant, vous allez rendre la vie à
ma pauvre mère, que l'événement
dont vous parlez a jetée depuis si
longtemps dans le désespoir.

—Hélas ! il me tarde autant qu'à
toi, mon enfant, d'aller porter cette
bonne nouvelle à la famille. Mais au-
paravant il faudra sortir de notre
prison.

— Nous en sortirons, ne doutez pas,
répondis-je, il le faut maintenant. Au
lieu d'attendre qu'on vienne nous se-
courir, cherchons plutôt les moyens
de retourner immédiatement au village.

— Quel était donc le coupable ? re-
pris-je, tout joyeux d'apprendre que
l'innocence de mon père était enfin

reconnue. Quoique je fusse trop jeune pour que l'on m'entretînt de ce malheureux événement, j'avais souvent entendu mes parents en parler entre eux, et j'étais à peu près au courant de ce qui s'était passé.

— L'auteur de ces détournements était mon propre fils qui, pour échapper à ma juste colère, avait fait tomber les soupçons sur un autre. Le malheureux enfant, troublé par les remords, me l'a avoué en mourant.

En disant ces mots, le vieillard s'est caché la tête dans ses deux mains sans pouvoir retenir ses larmes. Nous sommes restés plus d'une heure silencieux. Quant à moi, j'avais à peine la force de contenir ma joie, et je remerciais Dieu dans le fond de mon cœur de la grâce qu'il venait de nous faire.

VIII. — LA DÉLIVRANCE.

6 Janvier. — Après avoir longuement réfléchi aux moyens de sortir de notre prison, nous sommes convenus de construire un traîneau semblable à ceux que les montagnards conduisent sur la neige à l'aide d'une longue perche en forme d'aviron. La forêt nous fournira tout le bois nécessaire, mais le défaut d'outils va rendre notre travail aussi long que difficile. Le froid est toujours très-vif et la neige ne cesse pas un seul instant, mais rien ne peut abattre mon courage depuis que je sais de quelle importance est notre retour pour le bonheur de ma famille. Monsieur William ne montre pas moins d'ardeur que moi. Dans peu de jours

J'espère que nous serons à Grinn-wald.

12 Janvier. — Tout est perdu ! Je ne sais plus ce que nous allons devenir. J'ai à peine la force d'écrire ce qui s'est passé aujourd'hui. Mon compagnon lui-même paraît tout à fait abattu. Hier le traîneau était achevé, et nous espérions nous mettre en route ce matin dès le point du jour, mais il est tombé tant de neige cette nuit qu'il s'est trouvé à moitié enseveli ; il nous a été impossible de le dégager. Nous sommes rentrés au chalet dans un désespoir inexprimable. Monsieur William, me voyant tout à fait découragé, a fait tout son possible pour vaincre mon abattement.

14 Janvier. — Notre situation est tout à fait désespérée, il nous reste à peine des vivres pour deux jours : si demain l'on ne vient pas à notre secours, nous allons être obligés de tuer notre pauvre Jeannette. Cette idée m'a jeté dans un chagrin mortel.

Pour comble de malheur, le feu a pris cette nuit à la paille qui se trouvait près du foyer. Nous avons été réveillés vers deux heures par une épaisse fumée qui remplissait l'appartement. Heureusement mon compagnon n'a point perdu son sang-froid. Il a saisi un tonneau rempli de neige fondue qui se trouvait près de la cheminée, et l'a renversé dans l'âtre. Sans lui le chalet devenait la proie des flammes, et nous étions perdus sans retour. Cet événement nous a tenus éveillés toute la nuit.

Nous avons passé la plus grande partie du jour à prier et à lire la Bible. Nous n'attendons plus de secours que du ciel.

15 Janvier. — Monsieur William vient de me faire écrire son testament. Il reconnaît l'innocence de mon père et lui lègue une partie de sa fortune. Voici ce qu'il m'a dicté :

« Au nom de Dieu et de la très-sainte Trinité.

» Puisque la Providence ne m'a

» point permis de réparer moi-même
» le mal que j'ai fait involontairement
» à Richard Amfrey et à sa famille,
» je veux au moins reconnaître son
» innocence avant de mourir. Voici
» mes dernières volontés : Pour ré-
» compenser la conduite courageuse
» et les soins dévoués que j'ai reçus
» de son fils Ludovic, mon compa-
» gnon d'infortune, et aussi pour le
» dédommager de tout ce qu'il a eu
» à souffrir à cause de moi ou des
» miens, je lègue à Richard Amfrey
» la moitié de mes biens pour en
» disposer à son gré. L'autre moitié
» sera employée à fonder un hospice
» à l'endroit où nous avons trouvé la
» mort, moi et son fils. Que Dieu
» nous ait en sa sainte garde.

» Fait au chalet de Saint-Maurice,
» le 15 janvier 18...

       » WILLIAM B... »

Ce testament terminé, nous l'avons
soigneusement enveloppé dans la valise de monsieur B..., afin qu'on
puisse le retrouver intact quand nous
ne serons plus.

C'est demain que Jeannette doit mourir! Je l'ai embrassée avant de me mettre au lit, et je me suis mis à pleurer toute la nuit.

16 Janvier. — Nous venons de manger notre dernier morceau de pain. Jeannette, couchée au coin du feu, rumine tranquillement sans songer au péril qui la menace. Je ne puis la regarder sans pleurer. Le froid me paraît encore plus fort que de coutume. Monsieur William, qui semble de plus en plus calme à mesure que le danger augmente, m'a lu d'une voix ferme la passion de notre Seigneur. Après quoi nous avons passé une partie du jour en prières.

Trois heures. — Comme je sortais pour voir l'état de la température, de grands cris se sont fait entendre au loin. Persuadé que c'étaient les loups, je rentrai précipitamment dans le chalet. Bientôt un bruit sourd se fit entendre au-dessus de nos têtes. Il nous semblait que l'on creusait la neige. Nous nous attendions à être dévorés. Tout à coup une voix bien

connue m'appelle par mon nom, je
réponds de toutes mes forces. Un
instant après, la fenêtre était déga-
gée et mon père se précipitait dans
le chalet en poussant un cri de joie.
Je m'élançai dans ses bras sans avoir
la force de proférer une parole. Au
même instant, les braves montagnards qui l'accompagnaient entrè-
rent à leur tour. Rien ne saurait
exprimer la joie et la surprise de mon
père en voyant monsieur William B...
avec moi dans le chalet; il hésitait à
le reconnaître et se croyait le jouet
d'un rêve. En apprenant ce qui s'é-
tait passé, il s'élança au cou du bon
vieillard qui s'était exposé à tant de
périls à cause de lui.

Nous reprîmes gaîment la route du
village en emmenant Jeannette avec
nous. La pauvre bête était si éblouie
de la lumière du soleil et de l'éclat
de la neige, qu'elle ne pouvait marcher; je fus obligé de la prendre dans
mes bras, car pour rien au monde je
n'aurais voulu abandonner ma fidèle
compagne.

Après quelques heures de marche, nous sommes arrivés sans accident au village. Ma mère, en nous apercevant, a failli devenir folle de joie. La présence de monsieur B... a mis le comble à son bonheur quand elle a su l'objet de sa visite. Enfin, après avoir remercié nos libérateurs, nous sommes allés prendre un instant de repos, car l'émotion et la fatigue nous avaient brisés.

Le lendemain, nous allâmes à l'église du village remercier la Providence de notre miraculeuse délivrance ; et pour perpétuer le souvenir de la protection divine, nous fîmes vœu d'élever une chapelle à *Notre-Dame des neiges*, à la place du chalet qui nous avait servi de refuge.

FIN.

TABLE

TABLE

—

FIN DE LA TABLE.

Limoges. — Imp. Eugène Ardant et Cie.

Original en couleur

NF Z 43-120-8

L'I

ANCIENNE

Pa

Auteur de l'hi

histoire de la Suisse, his

Con